ÆGLÉ,

BALLET-HÉROÏQUE.

ÆGLÉ,

BALLET-HÉROÏQUE

EN UN ACTE;

Représenté devant Leurs Majestés, à Fontaine-bleau, le 4 Novembre 1776.

DE L'IMPRIMERIE

De P. Robert-Christophe BALLARD, seul Imprimeur pour la Musique de la Chambre & Menus-Plaisirs du Roi, & Imprimeur de la grande Chapelle de Sa Majesté.

M. DCC. LXXVI.

Par exprès Commandement de Sa Majesté.

Les Paroles du Sr. LAUJON, Secretaire des Commandements de S. A. S. Monseigneur le Prince de CONDÉ.

La Musique est du Sr. DE LA GARDE, Maître de Musique des Enfants de FRANCE, Sur-Intendant de la Musique de Monseigneur le COMTE D'ARTOIS.

Les Ballèts font de la compôsition du Sr. DE LAVAL, Maître des Ballèts de SA MAJESTÊ.

PERSONNAGES CHANTANS DANS LES CHŒURS.

CÔTÉ DU ROI.		CÔTÉ DE LA REINE	
Les Dlles.	Les Srs.	Les Dlles.	Les Srs.
Le Bourgeois.	Puceneau.	D'Aigremont.	Buquet.
Dubuiſſon.	Bazire l.	Desjardins.	Joly.
Camus.	Bazire c.	D'Agée.	Marcou.
Dumats.	Le Roux.		Abraham.
	Cauchois.		Cachelievre.
	Cuvillier.		Puteau.
	Surville.		Dercourt.
	Fontaine.		Ducornet.
	Fleuri.		Thouret.
	Couſſi.		Roiſin.

PERSONNAGES DANSANS.

SUIVANS DE LA FORTUNE.

Le Sr. GARDEL 1.

Le Sr. GARDEL 1.   La Dlle. DORIVAL.

Les Srs. Trupti, Henri, Duchaisne, Laval fils,
Guillet, Aubri.

Les Dlles. Thevenet, Gaudot, Delfevre, Dubois,
Saulnier, Riché.

BERGERS ET BERGERES.

Le Sr. VESTRIS.   La Dlle. HENEL.

Les Srs. Léger, Rogier, Abraham, Lebreton.
Les Dlles. Lafond, Cléophile, Michelot,
Muler.

PLAISIRS.

Le Sr. PIC.   La Dlle. GUIMARD.

PASTRES et PASTOURELLES.

Le Sr. MARCADET.

Les Dlles. ALLARD, PESLIN.

Les Srs. Cafter, Larue, Doffion, Giguet.

Les Dlles. Duval, Efther, Coulon, Jolis.

ACTEURS CHANTANTS.

APOLLON, *sous l'habit
d'un berger & sous le nom
de* MISIS,   Le Sr. L'Arrivée.

ÆGLÉ, *bergere*,   La Dlle. Beaumenil.

LA FORTUNE,   La Dlle. Levaſſeur.

UNE BERGERE,   La Dlle. Lebourgeois.

GÉNIES, *Suivants de la* FORTUNE.

BERGERS & BERGERES.

PASTRES & PASTOURELLES.

ÆGLÉ

ÆGLÉ,
BALLET-HÉROÏQUE.

Le théâtre repréſente des bois & des vergers agréables ; le fond eſt occupé par le temple de la FORTUNE.

SCÈNE PREMIÈRE.

ÆGLÉ, *ſeule.*

AH ! que ma voix me devient chère,
Depuis que mon berger ſe plaît à la former !
Amour, rends mes accents dignes de le
    charmer !

C'eſt peu, c'eſt trop peu de lui plaire ;
Ne pourrai-je point l'enflâmer ?

A

ÆGLÉ,

Lorſque Miſis , dans ce bocage ,
Vint prêter à mes chants un charme plus
flateur ,
Amour , c'étoit le plus doux eſclavage
Que tu préparois à mon cœur !

Ah ! que ma voix me devient chère ,
Depuis que mon berger ſe plaît à la former !
Amour , rends mes accents dignes de le
charmer !
C'eſt peu , c'eſt trop peu de lui plaire ;
Ne pourrai-je point l'enflâmer ?

(Une ſimphonie annonce l'arrivée de la
FORTUNE.)

La Fortune paroît ! cher amant que j'adore ,
Le plaiſir de te voir s'éloigne donc encore !

(Elle ſort.)

SCÈNE SECONDE.

LA FORTUNE, CHŒUR de GÉNIES,
Suivants de la FORTUNE.

(*Marche des Suivants de la* FORTUNE.)

LA FORTUNE.

O Vous, que le Destin enchaîne sur mes
pas,
Esprits impatients, troupe aveugle & volage,
Ne murmurés pas davantage
De me voir si longtems habiter ces climats.

Je ne suis plus cette fière déesse,
Maîtresse de changer à mon gré l'univers :
Un berger me donne des fers,
Et le cruël encor résiste à ma tendresse.

LE CHŒUR.

D'une funeste flâme il faut vous dégager.
A ij

Le plaisir, sur vos pas, règne avec l'abondance:
　　Fuyés l'ingrat, qui vous offense;
　　C'est le punir, c'est vous venger.
　　Fuyés l'ingrat, qui vous offense.

LA FORTUNE.

Pour être ingrat, en fait-il moins charmer?
　　Le doux espoir de l'enflâmer
Me fait trouver mille appas dans ma peine:
Pour être ingrat, en fait-il moins charmer?
　　Malgré les rigueurs de ma chaîne,
Je fais encor mon bonheur de l'aimer.
Pour être ingrat, en fait-il moins charmer?

(à part.)

Mais il vient. Ah! l'Amour , peut-être , le
　　ramene.

(à sa Suite.)
Éloignés-vous.

(La Suite de la FORTUNE *se retire.)*

SCÈNE TROISIÈME.

LA FORTUNE, MISIS.

MISIS, *à part.*

La Fortune en ces lieux !
Sous cet habit rustique, & peu fait pour les
dieux,
Apollon à son cœur n'offre que trop de
charmes.

LA FORTUNE.

Tu crains de paroître à mes yeux :
Tu vas renouveller mes mortelles allarmes.

Ah ! si tu ne viens point répondre à mon
ardeur,
A mes regards pourquoi t'offrir encore ?
Ta vue est trop funeste au repos de mon
cœur :
Elle va redoubler le feu qui le dévore.

'Ah ! si tu ne viens point répondre à mon
　　　ardeur,
　A mes regards pourquoi t'offrir encore ?

MISIS.

　Pourquoi chercher à m'engager ?
C'est un plaisir pour vous de devenir volage ;
　　L'inconstance est votre partage ;
　L'amour constant est celui d'un berger.
　Pourquoi chercher à m'engager ?

LA FORTUNE.

Cette légéreté, dont ton amour s'offense,
Est un titre nouveau, qui te parle pour moi.

Je vois tous les mortels avec indifférence ;
　　Ils éprouvent mon inconstance ;
Cœur ingrat ! je ne suis constante que pour
　　　toi.

Cette légéreté, dont ton amour s'offense,
Est un titre nouveau, qui te parle pour moi.

Misis.

Ah ! c'eſt trop feindre ; j'aime , & ne dois
plus le taire.

Lorſque vous quittés tout pour l'objet de
vos feux ,
Ne me dites-vous pas ce que mon cœur
doit faire ?
Ah ! conſultés les yeux de ma bergère ;
Ils vous le diront encor mieux.

Æglé tient tous ſes biens des mains de la
nature ;
Sa richeſſe , c'eſt la beauté :
L'art ne relève point l'éclat de ſa parure ;
Des fleurs font l'ornement de ſa ſimplicité :
Et ſon cœur, qui jamais ne connut l'im-
poſture ,
Que rien encor n'a pu charmer ,
Eſt le prix que l'Amour aſſûre
Au berger, trop heureux , qui pourra l'en-
flâmer.

A iv

ÆGLÉ,

LA FORTUNE.

C'eſt trop entendre un ingrat , qui
m'offenſe.

C'eſt aſſés ; je dois vaincre une inutile ardeur.

C'eſt déſormais aux traits de ma ven-
geance ,

Que tu reconnoîtras les tranſports de mon
cœur,

(*Elle ſort.*)

MISIS, *à part.*

Ah ! je crains ton couroux bien moins que
ta conſtance.

SCÈNE QUATRIÈME,

MISIS, *seul.*

PAISIBLES bois , vergers délicieux ;
J'abandonne , pour vous , le séjour du ton-
    nerre.
    J'ai laissé mon rang dans les cieux ;
    Tous mes plaisirs font fur la terre.

Æglé me croit berger ; que mon cœur est
    flaté !
Mon rang est un secret qu'il faut que je lui
    cèle ,
    Même après ma félicité.

    Comme berger , je goûterai près d'elle
Les plaisirs de l'amour & de l'égalité ;
Et si je me souviens de ma divinité ,
Ce sera pour brûler d'une ardeur éternelle.

    Paisibles bois, &c.

    Mais Æglé porte ici ses pas. . . .

SCÈNE CINQUIÈME.

ÆGLÉ, MISIS.

MISIS.

Ah ! je vous attendois , bergère.

ÆGLÉ.

Hélas ! dans ces vergers je ne vous croyois
pas.

MISIS.

J'y viens , quand le jour les éclaire ,
Animé par l'espoir d'entendre votre voix.

ÆGLÉ.

C'est vous qui la formés : oui , si ma voix
peut plaire ,
C'est à vous seul , Misis , que je le dois.

Un jour , que je chantois sous ces naîssants
ombrages ,
Tous les oiseaux de ces bocages

Formèrent, à l'envi, les concerts les plus
doux.

Je crus qu'ils imitoient, dans leurs tendres
ramages,

Les leçons que je tiens de vous.

MISIS.

Que mon cœur est flaté d'un si charmant
langage !...

Quand je ne vous vois pas,

Des airs que j'ai choisis je vous offre l'hom-
mage :

D'un tendre soûvenir je goûte les appas.

Mon cœur ainsi se dédommage

Des douceurs que je perds, quand je ne vous
vois pas.

ÆGLÉ.

Et quand vous me quittés, je m'occupe,
sans-cèsse,

A répéter les airs dont vous avés fait choix.

Mais, quelque doux qu'ils soient, j'y trouve
une tristesse

Qu'ils n'ont pas, quand tous deux nous unis-
sons nos voix.

MISIS.

Nos bergers, l'autre jour, m'apprirent un
    air tendre,
Un air, simple & touchant... il semble fait
    pour nous...
Il convient à nos voix... Ce qui peut vous
    surprendre,
J'y place votre nom.

ÆGLÉ.

Mon nom ?

MISIS.

        Daignés m'entendre :
Je chante toûjours mieux, quand je chante
    pour vous...

Mais non, suivés plûtôt une route plus sûre :
Avant d'imiter l'art, consultés la nature.
Chantés, ne craignés rien ; tout par vous
    s'embellit.

(Il lui donne la chanson.)

Æ G L É *chante d'une voix timide.*

» Que je vous aime !
» Je vous inftruis , enfin , de mon amour
extrême.
» Il eft tems de parler , lorfque tout me
trahit ;
» Le trouble de ma voix , mes yeux... ah !
tout vous dit :
» Que je vous aime ,
» Æglé ! que je vous aime ! »

M I S I S , *lui donnant leçon.*

» Que je vous aime ,
Æglé ! que je vous aime ! »

Æ G L É.

Vous n'êtes pas content ; vous blâmés , je
le vois,
Mes fons mal affûrés... le trouble de ma voix.

M I S I S.

Ils m'enchantent !...

Æglé.

Misis, parlés-moi sans mistère.

Misis.

Cette timidité me paroît nécessaire.
On doit être timide en avoüant ses feux.

Æglé.

Ah ! vous me rassurés.

Misis.

Je me plains de vos yeux :
Les miens expriment mieux...» Æglé, que
je vous aime ! »

Æglé.

Je les regarderai , pour m'exprimer de
même.

Misis, *continuant la leçon.*

» Que je vous aime ,
Æglé ! que je vous aime ! »

*Æ*GLÉ *prononce le nom de son amant, au*
lieu de celui de la chanson.

» Que je vous aime,

Misis....»

MISIS.

Dieux !

ÆGLÉ.

Ciel ! qu'ai-je fait ?

MISIS, *à ses genoux.*

Mon bonheur.

ÆGLÉ.

Ah ! je vous regardois , vous paroîssiés sincère ;

Comment ne pas trahir le secret de mon
cœur ?

MISIS.

Pour former votre voix, l'art est-il nécessaire?
C'est votre cœur que je voulois former.

ÆGLÉ.

Eh ! je n'apprenois l'art de plaire ,
Que pour apprendre à vous charmer.

Pour toûjours l'Amour nous enflâme ;
Ce dieu peut - il unir deux amants plus
parfaits ?
Non, si j'en dois juger par mon âme,
Vous ne changerés jamais.

Tendre Amour, dans vos chaînes
Tout, jusqu'à vos peines,
Nous fait mieux goûter vos bienfaits.

(On entend une simphonie qui sort du temple
de la FORTUNE.)

Dieux ! quels sons pleins d'attraits !

SCÈNE

SCÈNE SIXIÈME.

(Le temple de la FORTUNE *s'ouvre. Cette déèſſe y paroît au milieu de ſa Suite, qui offre aux yeux des bergères ſes tréſors les plus éclatants.)*

LA FORTUNE, ÆGLÉ, MISIS, CHŒUR de BERGERS & de SUIVANTS de la FORTUNE.

CHŒUR de BERGERS.

COURONS, volons dans ces forêts.

CHŒUR de SUIVANTS de la FORTUNE.	CHŒUR de BERGERES.
Trïomphés, Fortune brillante :	Que d'aimables concerts !
Des Plaiſirs la troupe riante	Quel éclat nous enchante !

Embellit le ſéjour où vous portés vos pas,
Et vole loin des lieux où vous ne régnés pas.

B

(*Danſe des Suivants de la* FORTUNE.)

LA FORTUNE, *aux* BERGERES.

Je diſpôſe à mon gré des tréſors de la terre :
Si mes biens vous ſont chers , je les offre à
　　　vos cœurs.
Abandonnés pour moi tout ce qui peut vous
　　　plaire ,
Bergères ; à ce prix on obtient mes faveurs.

(*On danſe.*)

CHŒUR *de* BERGERES.

Soûmettons-nous à ſa puiſſance :
　　Que de biens elle diſpenſe !
　　Qu'elle règne à jamais
　　Sur nos cœurs ſatisfaits.

(*Elles ſe rendent au temple de la* FORTUNE.
　Æ GLÉ *ſeule reſte.*)

LA FORTUNE, *à part.*

Æglé ne les ſuit point !

MISIS.

Dieux ! que vois-je?

LA FORTUNE, *à* ÆGLÉ.

Bergère,
L'éclat de mes bienfaits n'éblouit point vos
yeux ?

ÆGLÉ.
Il en est de plus chers.

LA FORTUNE *à part.*
De plus chers ? justes dieux !

ÆGLÉ.
J'ai le cœur d'un berger sincère.
Nos troupeaux font nos biens ; nous vivons
fans defirs.
Bien aimer, voilà mes plaifirs :
Mifis, ma gloire eft de vous plaire.

LA FORTUNE.
Trïomphe, ingrat ! vois mon dépit affreux.
Oui, je voulois ravir ta bergère à tes feux.
Il eft un cœur conftant, & l'Amour te le
donne.

(*à fa* SUITE.)
Portons loin de ces lieux ma honte & ma
douleur.

B ij

ÆGLÉ,

(*Aux* B E R G E R E S.)

Vous, ne me fuivés pas ! témoins de mon
malheur,
Bergères, je vous abandonne :
Vous pourriés de mes maux me retracer
l'horreur.

(*Elle fort, & fon temple difparoît.*)

(*Le théâtre repréfente un payfage agréable.*)

SCÈNE SEPTIÈME & *dernière.*

ÆGLÉ, MISIS, BERGERS & BERGÈRES,
PLAISIRS, PASTRES & PASTOURELLES.

MISIS, *aux* BERGERES.

Dans vos hameaux vivés tranquiles;
Ils offrent à vos cœurs des biens plus pré-
cieux.
Et vous, qu'elle éxiloit de ces charmants
afiles,
Doux plaifirs, revenés ; célébrés par vos jeux
L'Amour, qui pour jamais l'éloigne de ces
lieux.
(*Danfe de Plaifirs, de Paftres & Paftourelles*
& de Bergers & Bergères.)

MISIS.

Par tes feux ;
Tout l'univers eft heureux ;
Doux charme de nos âmes,
Amour ! tu les enflâmes !

Pour jamais
Tu les soumèts !
Dans ces fers
Quelques maux qu'on ait soufferts,
On les chérit, on t'adore.
Tes rigueurs
Font mieux goûter tes douceurs :
Dans tous nos cœurs
Tes traits vainqueurs
Viennent de faire éclore
Ton ardeur ;
Sans toi, le cœur ignore
Son bonheur.

            (*On danse.*)

Misis.

Tôt, ou tard, il faut qu'on aime ;
Sur nos cœurs l'Amour a des droits :
Vainement la Raison-même
Se voudroit souftraire à ses loix :
A ses armes,
A ses charmes,
Non, jamais un cœur n'échappe :
On fuit,
Pas à pas l'Amour suit ;

Il soûrit ;
Son feu luit,
Le trait part & frappe,

(On danse.)

UNE BERGÈRE, *aux Plaisirs , en*
regardant MISIS *&* ÆGLÉ.

Venés , Plaisirs , ferrés leurs nœuds ;
Enchaînés-les comblés leurs vœux.

(*Aux deux amants*)

Pour vous plus de peines ,
D'allarmes , de pleurs :
Ce font des fleurs
Qui vont former vos chaînes.

(On danse.)

MISIS & ÆGLÉ, *alternativement*
avec le CHŒUR.

Aimons, aimons, eſt-il un fort plus doux !
Amour, tu rends les dieux jaloux
Des biens que tu répands fur nous.
Fierté, raiſon, qu'attendés-vous ?
Des cœurs heureux vous diſent tous :
Aimons, aimons, eſt-il un fort plus doux !

» L'indifférence est un sommeil,
» Dont l'Amour prèsse le réveil :
» Aux vrais plaisirs, au vrai bonheur
» Préférés-vous froideur, langueur ?

Amour! tes feux
Nous rapprochent des dieux :
Notre encens brûle à tes autels
Avec l'encens des immortels ;
Ont-ils des plaisirs plus réèls
Que ceux de nos feux mutuels ?
Non, non : quels biens, plus sûrs de les
charmer !
Quels nœuds plus doux peut-on for-
mer !..
Dieu des plaisirs, dieu des amours,
Sur nos deux cœurs règne toûjours !

(*On danse.*)

C H Œ U R , *auquel s'unissent les danses
qui terminent ce ballet.*

Au son de nos chalumeaux,
Rions, chantons, sous ces ormeaux !
Vole, Amour, vole en ces lieux !
Règne en nos jeux !

F I N.